선생 님께

존경을 담아 드립니다.

2023.가을 유현주

밥이 돌이 될 때

밥이 돌이 될 때

—

초판 1쇄 2023년 11월 3일
지은이 유현주
펴낸이 김영재
펴낸곳 책만드는집

—

주소 서울 마포구 양화로3길 99, 4층 (04022)
전화 3142-1585·6
팩스 336-8908
전자우편 chaekjip@naver.com
출판등록 1994년 1월 13일 제10-927호
ⓒ 유현주, 2023

—

—

ISBN 978-89-7944-852-8 (04810)
ISBN 978-89-7944-354-7 (세트)

책 만 드 는 집
시인선 231

밥이 돌이 될 때

유현주 시집

책만드는집

두메의 우리 집 밤을 밝혀준 건 등잔불이었습니다.
댓잎에 싸락눈이 사근사근 떨어지던 날,
불빛 아래서 오동나무를 다듬던 당신이 물으십니다.
"세상에서 제일 귀한 잔이 무엇인지 아니?"
모른다고 하자 빙긋이 웃으며 숙제로 남겨주셨지요.
이제 그 답을 압니다. 바로 등잔이라는 것을요.
투박하고 보잘것없는 몸에 어둠 밝힐 등을 담은 잔.
화려함 속에 섞어놓아도 되레 당당하고
유년의 추억을 넘치지 않게 담아준 잔.
답을 찾고 보니 그 기억을 심지 삼아 태운 불빛으로
여기까지 온 것을 알겠습니다.

때론 웃풍에 흔들리고 첨예한 네온에 상처도 입었지만
은은하게 문창지에 배던 순정의 토닥임은
무엇보다 강한 진실이었습니다.
당신의 길이 그러하였듯
욕심내지 않고 자존을 지키며 이 안에 머물겠습니다.
'시조'란 그런 것이니까요.

2023년 만추에
유현주

| 차례 |

4 • 시인의 말

봄

13 • 배꽃을 따며

14 • 그물을 걷다

15 • 칠선계곡에서

16 • 도담삼봉

18 • 풍도

19 • 양두고

20 • 마음으로 읽는 시

21 • 쓸쓸한 동산

22 • 냉이꽃

23 • 진달래

24 • 포장마차

25 • 남동공단

26 • 실업 기차

27 • 등불

28 • 선택의 반대쪽

29 • 고무신 별곡

30 • 유두 무렵

31 • 2월 30일

여름

35 • 투명한 배반

36 • 월송대

37 • 시간의 계단

38 • 오래된 그릇

39 • 흘려보내기

40 • 새집, 호국원

41 • 불영사

42 • 몽돌밭에서

43 • 하루를 짓다

44 • 동강에서

45 • 상족암을 지나다가

46 • 붉은 꽃

47 • 나이테

48 • 만만치 않다

49 • 벽

50 • 생의 계단

51 • 담쟁이 연가

52 • 보고리아 호수

가을

55 • 사다리

56 • 흰 하루

57 • 딱따구리처럼

58 • 아버지의 방

60 • 길 안의 길

61 • 호박죽을 끓이며

62 • 질경이처럼

63 • 그리운 망초

64 • 모래의 계절

65 • 곶감

66 • 어머니의 선물

67 • 옛집에서

68 • 풍경

69 • 홍단풍

70 • 나이 든 고아들

겨울

73 • 내시경

74 • 감자를 묻다

75 • 마취

76 • 호국원에서

77 • 가난한 저녁

78 • 바람의 낱말

80 • 돌아오는 길

82 • 꼭지연

83 • 나무의 변

84 • 밥이 돌이 될 때

85 • 옛 성을 지나다가

86 • 이천 가는 길

87 • 9월의 향로봉

88 • 묵직한 종장

89 • 구월동 낙타

90 • 해설 _ 임채성

봄

배꽃을 따며

밤사이 달빛 받아 더 여문 배꽃들이
아버지 손끝에서 산 채로 지고 있다
어쩌면 저리 사뿐히 가라앉는 것일까

느이 오빠 둘을 땅세로 냈더란다
누르고 살다가도 여 오면 생각이 나
하얗게 자지러지는 꽃 울음이 들리거든

필 때에 영근 가을 담아 왔을 테지만
날 때에 무병장수 빌어주지 않았겠냐
시방은 내가 하늘처럼 바람세를 받는 겨

아버지 지나가면 여남은 꽃잎 중에
하나만 달랑 남아 파르르 떨어도
오늘 밤 꽃의 승천이 천지간을 잇겠다

그물을 걷다

배나무에 걸쳤던 새그물을 걷는다
실선도 장해인지 환하게 트인 시야
사람과 까치 사이에 휴전이 성립된다

겨누었던 눈총을 밭둑에 던져놓고
얽혔던 애증을 가지런히 푸는 사이
적의가 눈처럼 녹아 아지랑이 피는 날

나름의 이유 있어 척지고 살았지만
한 하늘 나눠 갖는 공평한 목숨이라
꽃자리 다시 엮으며 마음을 합치는데

겨우내 속살 오른 나무의 마디마디
얼었던 경혈 녹아 맥박이 살아나고
사라진 접경을 지나는 바람조차 따습다

칠선계곡에서

서둘다 지친 봄이 물속에서 쉬고 있다
선녀의 속옷 같은 잔설을 품에 안고
노루가 엎드린 채로 바위 되어 잠든 곳

시간의 문을 닫고 숙면을 취한 덕에
치유된 상처 위로 풍광은 더욱 빛나
은연중 바깥세상의 근심을 놓게 한다

폭포로 모여드는 숲 안의 흰 소리들
하나의 울림으로 땅속에 내리치면
천왕봉 꼭대기까지 박동으로 들리고

계류 따라 걷다 보니 묵은 마음 정화된다
심장을 거쳐 나온 맑디맑은 피의 흐름
내 다시 얼마나 별러야 이날을 또 맞을까

도담삼봉

남봉
아내여, 밭머리에 서있는 수은행나무
푸르고 그늘 좋아 노란 꿈도 꾼다마는
잎사귀 우수수 지면 찬바람만 지나더라

열매 없는 꽃이야 한철의 아름다움
품은 달 애틋하여 돌려진 발길인걸
그 진한 피의 흐름을 난들 어찌 막겠나

처봉
이승 연 다 채우고 차생도 약속더니
어느새 마음 떠나 시선 거둔 그대여
가슴에 찬바람 일어 강물도 얼게 한다

어디서 흘러왔나 도담한 저 붉은 꽃
길가에 심으시지 안뜰에 심어놓고
보란 듯 달빛 아래서 하나 되어 춤추는데

먹물빛 적막 속에 생으로 삭는 목숨
차라리 귀를 닫고 등 돌려 눕고 만다
휘어진 세상을 만난 죄 아닌 죄를 안고

첩봉
거친 땅에 내린 뿌리 버거운 삶의 무게
우연히 만난 인연 가엾게 거두시네
그 마음 물리지 못한 알고 짓는 모진 죄

안뜰에 심어놓고 쏟아붓는 햇살에
서서히 차오르는 욕심 같은 달무리
오늘도 옷깃을 잡아 발목 묶어 앉히는데

문틈에 스며드는 오뉴월 서릿바람
마당에 심어놓은 보리수 시들어도
이왕에 엎어진 연분 비켜 가지 않으려네

풍도豊島

바다가 깊은 탓에 비탈도 험하지만
마음은 적막 없이 꽃 속에 묻혀 산다
노루귀 쫑긋 세우는 언덕배기 환한 봄

오롯한 바람꽃은 인동의 아내처럼
절벽도 마다 않고 등불로 피어나서
해풍에 갈라진 손을 어루만져 녹이고

마른 가슴 들추며 복수초도 올라왔다
귀한 것을 언제나 가까이 두고 있어
갈색의 빛바랜 삶도 이 섬에선 꽃이 된다

양두고兩頭鼓

어우르던 장구가 더운 숨을 토한다
생사의 경계선을 이랑인 듯 넘어와
울음을 되새김하여 소리로 환생한 소

옹차던 속 들어낸 두 자 반 오동나무에
조임줄로 다시 묶여 코 뚫림을 당할 땐
북면을 힘껏 조이며 공명통을 안는다

사포를 쇠 빗 삼아 쓸어주는 조롱목
완강하던 고집이 세마치로 조율되고
긴장한 소릿결들이 평온하게 풀릴 즈음

옻 밥을 먹은 소가 밭갈이를 나선다
열채로 엉덩이를 가볍게 두드리자
덩더꿍, 변죽을 울리며 타령을 끌고 간다

마음으로 읽는 시

　서둘러 나서도 멀고 먼 여정인데
　굳이 장벌까지 걸어가잔 어머니 동네 사람들 행선지 물을 때마다 우리 큰애 상 타는 데 간다고 아주 큰 상 받는다고 어느 집엔 일부러 들어가 겨울날 냉수 찾으며 우리 큰애 또 신문에 났다고 솔창 소나무에게도 다녀오마고 그저 싱글벙글
　빠진 이 휑한 잇몸을 감추지도 않으시고

　신문 한켠 흑백사진 불거진 손으로 쓸어보며
　당신이 주신 건 아무것도 없는 양 애비 닮아 인물도 좋다고 활자 어디쯤에 어두운 시선 내려놓고 잘 썼다고 애비 물림 해서 이리 잘 쓴다고
　자꾸만 고개 끄덕이는 까막눈의 어머니

쓸쓸한 동산

아버지 생전에 심어놓은 산수유
때 되니 앞다투어 언덕을 뒤덮는다
짙은 향 바람에 실려 툇마루에 닿는데

모른 척 외면하며 등 돌리는 어머니
오감을 내려놓고 관심을 비우신 채
혼자된 이후의 시간 동굴처럼 어둡다

얼마나 이쁜가 봐, 늙어도 꽃이 좋데
내년엔 빙 둘러 패랭이도 깔아놉세
그 말씀
빈 약속 되어 먹먹해진 이 봄에

애달피 맺힌 꽃은 병풍 속의 그림자
환하던 작년 꽃만 가슴 깊이 피어있어
희미한 빛으로나마 어머니를 밝힌다

냉이꽃

엄동도 봄꿈 꾸며 묵묵히 참아냈다
입술을 꽉 깨물고 풀낫을 의지한 채
검세던 바람의 회유 읍소하며 건넌 강

저녁참 지나가는 한 움큼 볕을 걷어
고달피 식어가는 뿌리에 덮어주면
분연히 일어서 주던 인내 깊은 삶이여

허락된 시간이야 기껏해야 두해살이
열매를 맺기 위해 끈지게 견딘 덕에
이겨진 이파리라도 이 봄날이 환하다

진달래

쑥국새 울던 밤에 나비가 낳은 새끼
솜털이 보송보송 얼마나 예쁘던지
한 밤만 안고 자자고 가슴 위에 올렸어요

어미에게 보내라고 엄마가 일렀지만
하루쯤 어떠냐며 살며시 숨겼는데
배내똥 한 방울 놓고 왔던 길로 갔지요

양지바른 언덕에 새끼를 묻어주고
녀석의 슬픈 털을 쓰다듬던 어머니
진달래 뿌리째 캐어 무덤 위에 심었어요

맑은 봄 피어나는 세 무더기 진달래
철없는 딸년 등에 눌려 죽은 묘아猫兒와
돌 전에 떠난 두 아이 저렇게나 붉지요

포장마차

그네의 마차에는 끌어줄 말이 없다
빛바랜 홍 포장만 차대 위에 덩그러니
놀이터 담장에 기대 움직이지 않는다

아침부터 밤중까지 실내에 들어앉아
말 한 필 사기 위해 국화빵을 굽는다
고달픔 부풀어 올라 매캐하게 스며도

날마다 네 바퀴에 기름을 칠하면서
달릴 날 있으리라 노래하는 늙은 마부
아이들 떠난 자리를 경중경중 뛰어본다

바람이 채찍을 드는 시월의 저물녘
이력 난 매질에도 손등은 터지지만
따스한 초원의 꿈은 노릇하게 익는다

남동공단

삶이란 이런 거다 단정 짓지 말아라
힘들면 쉬어 가라 뻔한 말 하지 마라
기름에 희석된 땀이 오늘의 식량이다

블록과 블록 사이 채우는 기계음엔
메콩강 빗소리와 사할린 바람 소리
출근길 잡아 세우던 아이 울음 섞여있다

세상을 돌게 하는 톱니로 사는 일
가끔은 어긋나서 겉돌기도 하지만
바퀴가 멈출 때까지 이곳은 희망이다

실업 기차

탈 마음 없었는데 억지로 떠밀렸다

차 안은 이미 만원 발 디딜 틈이 없다

어디서 내려야 할지 정처 없는 승객들

환승역 통로에는 금줄이 걸려있고

거미줄 노선표에 켜져있는 붉은 등

풍경도 늦가을처럼 우울하게 스치지만

요철 없는 인생사가 무슨 재미 있으랴

터널을 지나가면 밝은 세상 나오듯이

머잖아 우리에게도 정거장이 보이리라

등불

이름자도 모르는 지어미 등불 삼아
공자 골 아버지가 뒷짐 지고 걸어가네
한 번도 꺼진 적 없던 저 가녀린 초롱불

했던 말 도로 하고 또 거슬러 감아도
조곤조곤 풀어주는 뒤바뀐 측은지심
젊은 날 데인 상처는 세월이 덮었을까

책 속의 길보다 인정의 길 더 환하네
평생 모은 눈물을 심지로 끌어 올려
아버지 어둔 정신을 밝혀주는 어머니

선택의 반대쪽

선택의 반대쪽엔 만약의 집이 있다
백 가지 아쉬움이 창으로 달려있고
천 개의 하지 못한 일 벽돌로 쌓여있다

초라한 헛간 같은 성공한 사람의 집
궁궐처럼 화려한 실패한 사람의 집
마음속 깊은 곳에다 감춰둔 비밀의 집

어느 쪽을 택하든 미련은 필수인지
가지 않은 다른 길이 삼삼한 이 봄날에
내게도 있는 그 집은 금영화가 무성하다

고무신 별곡

삼십 년 반신불수 할머니 선반에는
두 척의 나룻배가 긴 세월 정박했지
밀물은 토방까지만
찰랑찰랑 거리고

닻줄은 아예 없고 돛폭만 넓었는데
한 번도 뜨지 못해 바랜 채 삭아갔어
남몰래 흘리던 설움 염도 높은 간절함

당신이 가시던 날 마침내 출항한 배
요령은 서글프게 고동으로 울리고
고무신 있던 자리엔
국화꽃이 피었지

유두 무렵

사방을 둘러봐도 초목만 무성하여
세상 소식 돌고 돌아 풍문에나 닿지만
세교 골 산골짝에도 계절만은 제때 온다

까맣게 타들어 간 가슴을 열어놓고
머릿속 새 떼 같은 근심을 풀어헤쳐
동류수 용현계곡에 물맞이를 가는 날

마음에 날개 달려 선녀 된 듯 가볍다
천신하며 구하는 붓꽃 같은 작은 행복
물결이 스칠 때마다 말갛게 스미는데

촌부의 아낙으로 늙어간들 어떠랴
질곡의 삶 나눠 지는 맑은 어깨들이
기껍게 흘려보내는 수정水亭 위의 사랑가

2월 30일

세상에 없는 날짜 달력에서 찾았다
숨어 우는 새처럼 음력에만 살아서
버젓이 하루가 되는
달月만의 고유 시간

보름 지나 줄어든 빛 삭까지 모았다가
본 걸음 놓쳤을 땐 초침에 달아놓고
그래도 힘에 부치면
해年의 틈에 박는다

오차를 메우며 조율되는 시간으로
빈틈없이 굴러가는 밤낮의 톱니바퀴
오늘은 스무날 달빛을
여분으로 남긴다

여름

투명한 배반

잘 닦은 유리창에 까치가 돌진했다

순식간에 사방으로 퍼지는 실금들

동시에 날갯짓 하나 하늘에서 밀려난다

햇빛이 가는 길은 당연히 열려있고

담이란 모름지기 색을 갖고 있는 법

추호도 의심치 않은 허공의 배반이지만

보이는 게 다가 아닌 불신의 시대에

본능만 믿었을 뿐 학습하지 않은 잘못

얼결에 죄인 된 창이 찬 바람에 시달린다

월송대 月松臺

고금도는 또 하나의 둥근 섬을 품었다
바다를 건너던 달 멈추어 경배하고
풀씨도 가장자리로 물러나서 앉는 곳

그 섬에 깃발 하나 신호처럼 꽂히면
횃불로 타오르던 전장의 목숨들이
영웅의 가슴 안으로 해로 질러 달려온다

진초록 솔잎 사이 백옥 같은 달빛 아래
온몸을 맡기고 닦아내는 피의 얼룩
옥양목 고운 결처럼 마음마저 맑아지고

백 년도 흔적 없이 살다 가는 삶 앞에
잠시 머문 죽음이 선명하게 적어놓은
임진년 못다 쓴 일기 뒷장까지 읽는다

시간의 계단

저렇게 층층이 시간을 쌓으면
나도 돌이 될 수 있나, 단단해지나
결마다 선명히 남은 바람 소리 물소리

오석 하나 더듬어 정 넣을 자리 찾아
긴 시간 닫혀있던 시공을 열어보니
마그마 현란한 춤이 돌꽃으로 피었다

뼈 있는 자존들은 얼룩이 아니라고
폐기를 거부했던 순간이 살아나서
함부로 구겨버렸던 하루하루 일침이다

스미는 것들마다 단단히 조였다가
땅보탬하는 날에 꽃문을 새겨야지
시간의 계단 끝에서 별자리와 만나도록

오래된 그릇

헌 집 구석구석 오래된 세간 중에
부엌문 고여놓은 먼지 낀 궤짝에서
할머니 생전에 쓰던 그릇들이 쏟아진다

귀 떨어진 사발과 종재기와 옹파리
온 가족 둘러앉은 오순도순 저녁상이
해거름 숭늉빛으로 놋그릇에 담긴다

정갈하게 다시 놓인 새집의 주방에서
끼니마다 들리는 동화 같은 말씀과
연녹색 줄무늬 타고 자라나는 나물들

격식보다 우월한 내력을 생각하며
정화수 흰 대접에 커피를 타 마신다
할머니 따뜻한 입술 이쯤일까, 요쯤일까

흘려보내기

시간 앞에 바위 하나 보란 듯 세워놓고
흐르지 못하도록 동여매 두었습니다
그 옆에 처연히 앉아 북을 치는 한 사람

팔순의 아버지가 젊은 날의 자신에게
회한의 한평생을 수심가로 고합니다
죄여도 버리지 못한 끈질긴 소리唱의 생

심연에 굳어있던 응어리가 풀립니다
가락이 눈물 되어 미움을 씻어낼 때
당신은 방임자라는 원망도 녹습니다

몰이해로 자라난 애증의 모서리가
시나브로 떨어져 원경圓鏡이 된 지금
귀한 혼, 내게 스밈을 진심으로 봅니다

새집, 호국원

시골집은 고스란히 오빠에게 물리시고
아버지는 이천利川으로 이사를 떠나셨다
세간은 사진 한 장과 하늘빛 옹기 하나

평생을 흙에서 발 떼지 않았는데
젊은 날 목숨 걸고 총 들었던 대가로
무료로 영구 분양된 14구역 4단 3열 5호

생전의 당신처럼 욕심 없는 방 두 칸
바람으로 먼지 털고 햇빛으로 문지르며
어머니 맞을 날 위해 날마다 윤기 낸다

불영사

계곡을 넘어오며 부서지던 달빛이
환영전殿에 이르러 찰지게 뭉쳐서는
연못에 노란 옹심이로 여울지며 박힐 때

허리를 중심으로 펼쳐지는 천축산
물속에 또 하나의 세상이 얼비친다
환하게 연꽃으로 피는 전설 같은 그림자

비구니 스님 하나 못가를 지나간다
승복 아래 함께 걷는 선녀의 옷자락에
물결도 숨을 죽이고 잔잔해진 명경지수

벗은 나를 보려면 불영사에 올 일이다
나조차도 모르는 내가 거기 있으니
막막한 세상의 통로 비칠지도 모를 일

몽돌밭에서

한동네 살다 보면 서로가 닮아가지
같은 물 같은 바람 익숙하게 물들어
모난 곳 깎아주면서
니캉 내캉 이물없이

거칠던 파도도 순해져 돌아가고
굴러온 낙석도 이렁저렁 어우러져
자신도 모르는 사이
서글서글 편안하게

가난하게 살아도 상처 주지 말자고
어깨를 두드리는 어진 이들 모인 동네
항도리 바닷가에는
돌마저도 둥글지

하루를 짓다

하루를 박음질해 그날을 먹고사는
J 실업 여공들은 말수가 별로 없다
바늘이 신경질 내며 손톱을 물기까진

한번 채면 놓지 않는 뾰족한 가난의 침
빼려고 애쓸수록 깊숙이 파고들어
차라리 순응하면서 삶의 테를 잇는다

하얗게 먼지 내린 머리카락 사이사이
염색을 밀어내고 올라온 흰머리로
금이 가 이울진 삶을 공그르는 늦저녁

더 낮은 세상살이 내려 볼 줄 아는 덕에
어제 찔린 손가락이 부어올라 아릿해도
오늘을 재단할 피륙 감사하게 두른다

동강에서

언제라도 승천할 준비를 마친 듯이

허리에 힘을 주고 우렁차게 부서지며

은비늘 바람에 던지는 아름다운 저 역동

광음을 품어 안은 사행천의 물길이

시대의 굴곡들을 마디로 만들어서

운치리 나룻배처럼 면면히 줄을 칠 때

어라연에 비치는 청동빛 산 그림자

시간의 과녁으로 가차 없이 꽂히더니

오천 년 일맥의 역사 긴 낙인을 찍는다

상족암을 지나다가

책들이 차곡차곡 가로로 쌓여있다

수억 년 바람이 적어놓은 연대기

함부로 열지 못하고 냄새만 맡아본다

빛과 어둠이 엇갈려 기록되고

여름과 겨울이 순서대로 꽂혀있다

바다의 깊이까지도 재놓았을 서책들

사람이 보면 안 될 천기가 들었을까

한 장도 허락 않는 육중한 말씀들을

공룡이 읽고 갔는지 발자국 선명하다

붉은 꽃

금붕어 두 마리 같은 집에 살다가

하나 먼저 떠나자 외로움만 자분자분

급기야 자갈 틈에서 마지막 꿈을 꾼다

팔십 평생 두렁마다 손잡고 다니다가

할머니 가시던 날 몸져누운 강씨 할배

두 눈만 끔뻑이다가 달포 만에 따르던데

그리움 감당 못 할 절정에 다다르면

남은 숨 하나까지 꺼내놓는 붉은 생

극한의 절망조차도 사랑 앞에선 꽃이다

나이테

등 굽은 떡갈나무 비탈에 누워있다
사람만 모진 삶에 굶는 줄 알았더니
나무도 험한 풍파를
거짓 없이 그렸다

둥글게 파헤쳐진 고난의 흔적들
시간의 굴레마저 온전치 못한 것이
어머니 툭툭 불거진
손가락과 하나다

사람은 담을 곳 없어 겉으로 감는다
허리에 둘렀다가 땅에 닿게 휘는 테
목숨을 받쳐 인 채로
끊어지고 부서지며

만만치 않다

길고 길던 하루가 그야말로 쏜살이다
신문의 운세조차 우울하기 그지없고
통장의 투명한 잔고 민낯이 드러났다

점점 더 깊어지는 실업의 늪에 빠져
내일을 살아낼 일 오늘부터 버거울 뿐
예보된 태풍쯤이야 관심사도 아니다

나이는 숫자에 불과하다는 거짓말
남녀평등 소리쳐도 닥쳐보면 공염불
목구멍 풀칠하는 일 갈수록 만만찮다

벽

남한산성 행주산성 인왕산 절벽까지
까짓것 식은 죽 먹듯 가볍게 넘었는데
이력서 나이의 벽은
도저히 못 넘겠네

일꾼 없어 문 닫는다 구인의 죽는소리
자리 없어 일 못 한다 구직의 앓는 소리
둘 사이 가려놓은 막
철벽보다 두꺼운데

오늘도 워크넷 담당자는 잠잠하고
목마른 사람이 퍼야 하는 우물마저
뚜껑이 단단히 닫혀 또 하나의 벽이네

생의 계단

안개 속 주저 않고 기슭을 파헤쳐서

잔돌로 괴어놓은 층층한 두둑 따라

어머니 고단한 생이 육필로 적혀있네

장마에 지워지고 태풍에 무너져도

기어이 다시 다져 꽂아놓은 글자들

억새가 성한 지금도 문장으로 남았는데

이토록 곡진한 시 그 누가 쓸 수 있나

간절함이 만들어낸 눈물의 지경地境 딛고

한 계단 오를 때마다 뼈가 저린 죄의 무게

담쟁이 연가

하늘을 천착하는 굳건한 소나무여
당신의 어름으로 오늘도 오르는데
등허리
힘에 부치어
맥 빠지니 가을이네

한 계절 쉬었다가 손 다시 뻗거들랑
흔들림 멈추시고 끌어당겨 주소서
운명의
뿌리로부터
시작된 이 인연을

보고리아 호수

백 도를 넘어 펄펄 끓는 호수가 있다

바람을 뒤따르다 익사하는 새들

본능은

애석하게도

학습보다 먼저다

가을

사다리

아버지의 길 하나 담에 기대 있었다
지척에서 닿지 않는 허방을 건너기 위해
예닐곱 걸음을 이어 임시방편 만든 길

한 발씩 진화해서 도시로 온 사다리는
모로 눕는 일 성에 안 차 바닥에 누웠다
날마다 쇠로 된 지네 그 길로 집에 간다

지네의 내장 되어 수시로 흔들린다
마디 사이 끼어있던 오래된 기억들이
이따금 금속성 내며 튀어나와 박힐 때

다 익은 가을을 눈앞에 두고서도
끊어진 길 이을 수 없어 입맛만 다셨다는
아버지 덜컹거리며 겨울을 건너신다

흰 하루

저물 무렵 언덕을 내려오는 어머니
등허리에 석양이 묵직하게 얹혀있다
평생을 져 나르느라 이력 난 해의 무게

밤에도 그대로 잠자리에 들었는지
가끔씩 뒤척이며 어렵게 돌아누우면
뜨거운 신음 소리가 벽지에 들붙는다

기역인지 니은인지 자음으로 고부라져
곧추지 못할 만큼 굳어버린 뼈마디들
직립은 오래전의 일 아득하고 모질다

내일은 오늘보다 한결 무거울 텐데
긴 하루 둘러메고 나서는 저 허리를
명아주 마른 줄기가 얼마나 더 지탱할까

딱따구리처럼

늦가을, 딱따구리의 아지트를 본 적 있다
현판의 글자처럼 구멍 낸 나무 기둥에
잘 여문 도토리들이 음각되어 있었다

흔들리는 하늘과 맞서는 오기보다
나선으로 돌아가는 욕속부달欲速不達의 지혜가
아득한 지상의 높이 바람결도 재웠을까

보이지 않는 문패로 영역을 표시하고
후일을 기약하며 저장한 노고 속에
세상을 움켜쥔 발톱 무섭도록 깊었다

아버지의 방

어머니 대엿새 내 집에 계실 동안

아버지 물끄러미 빈방을 지키셨네

언제나 문이 열릴까 무료한 눈빛으로

더 있다 가시라고 소매 끝 붙들어도

아버지 외롭다고, 눈에 밟혀 안 된다고

끝끝내 잡아 빼시던 가여운 어머니여

여닫이 열자마자 사진을 쓸어보며

혼자만 댕겨와서 미안하다 되뇌는데

괜찮다, 말씀하시며 생전처럼 웃으시네

오늘 밤엔 도란도란 며칠 쌓인 이야기가

불 꺼진 방 안에서 동화처럼 흐르겠네

대답이 달빛을 타고 두 가슴을 적시겠네

길 안의 길

굽은 몸에도

반듯한 길 꼭 있다

누워 자란 감나무

투명한 홍시 내고

곱사등

강 씨네 아들

훤칠한 장부이듯

호박죽을 끓이며

껍질 벗긴 늙은 호박 놀빛의 살결에서

여름내 담은 햇살 서서히 풀어지고

언덕의 회오리바람 그림처럼 불고 있네

눈여겨보지 않고 귀담아듣지 않던

잡초 같은 한 생의 농익은 이야기가

노랗게 다시 피어나 향기로 퍼지는 날

아련히 떠오르는 젊은 날의 어머니

냉가슴 깊은 곳에 용암처럼 들끓어

남몰래 식혀야 했던 설운 사랑 보았네

질경이처럼

수없이 밟히고도 질기게 잇는 삶
스스로 책망하고 때리고 걷어차며
결국은 맨바닥까지 주저앉아 버릴 때

꺼진 나를 밟고라도 너는 바로 서거라
꽃대가 스러지고 이파리 마르도록
된 시간 밑거름으로
이 한 몸 바칠 테니

잡초라도 사치로 꽃 피우지 않는다
이유 있는 생이라야 가치도 있는 것
낮은 곳 음지에서도 너를 위해 기도한다

그리운 망초

호미질 무색하게 봄 내내 퍼지더니
지난해 묵힌 밭을 점령한 망초 새싹
무엇이 아련했는지 화분에 심었는데

자리가 사람을 만든다는 말씀처럼
뜻밖의 고아함이 바람에 흩날린다
오가며 뿌린 잔정이
흰 꽃으로 피는 날

그리움의 바탕은 이토록 사사로워
어머니 치마 끝에 쓸리던 풀잎까지
빛바랜 사진 속처럼 눈물 나게 정겹다

모래의 계절

폭염이 순식간에 몰렸다 사라진다
겨울에 느껴지는 한여름 기온이란
냉탕과 온탕 사이의
오락가락 널뛰기

심장이 두근대도 설렘은 실종됐다
희소식 전해 와도 우울이 마중한다
어디로 튈지 모르는 사춘기는 아닐 터

인생이 무엇인지 알 만한 이 나이에
생경한 감정으로 얼었다 녹으면서
고비를 건너는 계절,
모래바람 거칠다

곶감

삽미澁味 갓 벗어나 탱탱함 절정일 때
도도한 청춘의 껍질 한순간 벗겨지더니
어느새 삶의 단내만 굴곡으로 이운다

노을빛 간극으로 지나가던 찬 바람
된서리 아연한 채 설운 밤도 있었지만
휘어진 달빛 아래서 사랑가도 불렀었다

퉁명해도 뿌리처럼 깊었던 가을 햇살
깎인 생을 위로하며 속으로 고인 정이
맨살을 다독거리며 꽃이 되게 했으니

우리들의 생각이 하얗게 분칠되고
묶였던 인연들이 시절을 건너가면
그대여, 묵도 앞에서 살 비비며 만나자

어머니의 선물

세상을 다 담아도 차지 않는 그릇 하나
때마다 두 손으로 감싸 쥐고 앉으면
낯익은 어머니 냄새 모락모락 오른다

휘어져 땅에 닿는 허리를 두드리며
서산장 세 번이나 뒤져서 찾아오신
비췻빛 소나무 위에 앉아있는 학 한 쌍

가장의 밥그릇에 집안이 달렸다고
신문지 속 두루미를 조심스레 꺼내실 때
아버지 윤기 흐르던 놋주발을 생각했다

두 분을 함께 모신 학고개 다녀온 날
후회와 그리움이 고봉으로 담기고
공연히 아내 모르게 밥알들이 젖는다

옛집에서

솥 가신 구정물을 대밭에 흩뿌리면
허옇게 떨어지는 물매화 밥풀꽃에
포르르 댓가지에서 참새들이 내려오고

쟁기에 걸려 나온 반쯤 언 물고구마
묵정밭 머리맡에 흘린 듯 놓아두면
저만치 어미 고라니 눈망울이 빛났다

비듬히 땅에 박힌 여물 쑤던 가마솥에
모래알 안쳐놓고 불 지피는 겨울 햇살
다시 와 더듬어보면 상고머리 동화다

풍경

절에서나 보고 듣던 땡그랑 맑은 종

아랫집 이사 온 날 베란다에 걸렸네

무심코 지날 때마다 불러주는 목소리

새소리도 소음 되는 메마른 도시에서

듣고도 대답 없는 무심이 넘치는데

먼 곳의 큰 말씀처럼 스며드는 반성이여

빈 가지 잔바람에 흔들리는 저녁참

열어둔 창문 새로 마음을 기울이면

태을암 고즈넉 산길 갈잎 소리 들리네

홍단풍

잎새가 때를 거쳐 서서히 물이 들듯
아픔도 미열에서 고열로 오르는데
어째서 태중서부터 불변색을 띠었나

즐겁고 기쁜 일들 속 깊이 담았다가
쓸쓸한 가을날에 추억해도 좋으련만
아이야,
무념 속에서
키만 크고 있구나

복잡한 세상살이 모르는 게 나을까
천진스레 있어도 자연히 흐르지만
애당초 타고난 운명 붉디붉어 슬프다

나이 든 고아들

고향 친구 아버지의 부고를 받아 들고
우리는 마주 앉아 육개장을 먹고 있네
슬픔은 잠시였을 뿐 만남이 기쁜 자리

뉘엿뉘엿 하다가 일몰이 된 고향 하늘
이제는 꼼짝없이 물려받게 되었다고
소주병 기울이면서 씁쓸하게 마주 보네

대 이은 가난에도 조실부모 없던 동네
오십 줄 고아들은 빈 잔을 채워주며
마지막 둘러쳐 있던 울타리를 걷었네

겨울

내시경

별일로 이 먹보가 음식을 거부한다
타는 것이면 무엇이나 볼 터지게 활활활
한입에 집어삼키더니 단단히 틀어져선

부지깽이로 다독이고 쓸어도 소용없이
토하며 헛구역질하다 맥을 놓은 아궁이
오늘은 저녁쌀 안친 가마솥 속이 탄다

댓가지 길게 엮어 입 속에 들이민다
고래 따라 탈 난 곳 찾아 긁을 때마다
굳은 피 덩어리 되어 바닥으로 떨어지고

처치 끝에 다시 도는 화색이 화릉화릉
가끔은 트림 소리 귀담아 들었다가
제 속도 살펴달라는 단식투쟁 끝난다

감자를 묻다

상기된 감자 싹이 상자 안에 가득하다
막힌 길 뚫지 못해 탱천한 분기가
실업의 암갈색으로 틈께로만 모였다

푸르게 돋아날 날 기다리면 와줄까
응집된 독기 짜내 제 몸에 바르면서
상심이 주름질 때까지 밀어냈을 종이 벽

큰 자리 욕심 없이 지상의 한 뼘이면
몇 개의 알맹이를 건사할 수 있을 텐데
하늘땅 어느 곳에도 이름 달지 못한다

정원 한쪽 손질해 싹을 세워 묻고서
놓친 길 잡아준 듯 흡족한 마음 들어
오늘은 내 길도 찾아질까 발걸음이 가볍다

마취 痲醉

이제 곧 소실될 통각들을 예견한다

정신이 들 때에는 여기까지 오는 동안

은연중 잠들어 버린 감성도 깨어나라

보고 듣는 모든 것이 시가 되도록

불요한 세포막이 칼끝에 잘릴 적에

단단히 언어를 묶은 자루도 찢어져라

이어 붙인 종이 같은 가냘픈 숨에서도

무의식 한철까지 적선으로 긋는다

절창이 통증과 함께 피처럼 터지라고

호국원에서

젊은 날 아버지는 이 땅의 전사였다
죽음의 문턱까지 다녀오길 여러 번
전장의 생생한 증언 마음 죄며 듣곤 했다

덤이라던 하루하루 깨끗하게 쓰시고
문지방 넘어선 지 사십구일 되는 날
애통한 심정 삭이며 오래도록 올린 묵념

계급장 다시 달고 횡대로 줄 섰지만
포연과 총소리가 그 세상엔 없으리
치열한 삶의 전투도 필요하지 않으리

슬픔조차 경건한 이천의 노을 아래
전우와 함께라서 외롭지 않겠다고
스스로 위로하면서 현충문을 나선다

가난한 저녁

매운바람 한차례 골목을 훑고 간 후
시루떡 고물 같은 가루눈이 내린다
아직도 빙판인 길에 또 한 켜 얹히듯이

수없이 닥쳤어도 언제나 처음처럼
신경을 곤두세워 내딛는 자국걸음
겉으로 보이지 않는 허방을 감지한다

하루 벌어 한 끼로 연명하는 질긴 숨
소식 끊긴 피붙이가 절절한 어스름에
잊고 산 고향 산천이 사무치게 그리운 날

버거운 호흡으로 디딤판을 만들며
살아온 날들처럼 조심스레 건너갈 때
여정의 바퀴 위에서 삶의 파편 젓는다

바람의 낱말

말을 트진 못했지만 저 사람을 안다

투기 금지 팻말쯤은 눈 하나 까딱 않고

매일 밤 개류芥溜가 되는 골목 끝에 살고 있는

허공에 떠다니는 수많은 낱말들을

양손으로 버무려 순서대로 배열해서

언어를 만들어내는 큰 재주를 가졌다

가로등 절정일 때 얼핏 본 그 남자

쓰레기 더미 앞에 쪼그리고 앉아서

한참을 빈 깡통과도 대화를 나누는데

탯줄이 잘릴 때도 바람으로 울었다는

숙연한 이야기에 창들도 귀를 연다

사십 년 침묵의 삶이 울림으로 닿는 밤

돌아오는 길

어머니를 홀로 두고 대문을 나설 때면
발길은 천 근 되어 떨어질 줄 모르네
한 번 더 보고 싶지만 차라리 숙인 고개

잘 가란 당신 말씀 등에 지고 걷다가
골목 어귀 돌아서면 무릎은 절로 꿇어
삼키던 울음보따리 기어이 풀리는데

정답을 알면서도 풀지 못한 자식의 길
얼마 남지 않은 생에 찬바람 몰아쳐도
한 장의 담요 구실이 이다지도 힘든가

어머니 그림자는 오래도록 그 자리
주름마다 감춘 눈물 뜨겁게 닿아올 때
사무친 가슴을 치며 진심으로 올린 말씀

용서하지 마옵소서, 노릇조차 못한 죄

죽음 같은 외로움 알고도 외면한 죄
내생에 바꿔 태어나 그대로 갚으소서

꼭지연

소중한 기억들은 가슴에서 풀어진다

아무리 멀리 가도 한 몸처럼 느끼도록

허공을 가로질러서 닿아있는 인연 줄

때때로 바람 불어 마음을 흔들어도

밀었다 끌어안고 옥죄는 굴곡쯤은

절명의 사금파리만 아니라면 견딜 텐데

동지의 어스름엔 다 모를 복병 있어

빈 얼레 돌아갈 땐 허전함만 감긴다

고목에 추억 한쪽이 위로처럼 걸리고

나무의 변辨
－해미읍성 회화나무

빗장 건 성문 새로 탱자 바람 불어온다
회화나무 한 그루 죄인처럼 서있고
지붕을 휘감아 오는 암갈색의 땅거미

어둠 속의 나무는 신 앞에 엎드린다
십자가가 되어버린 철천의 자국들이
죽어도 풀리지 않을 나이테로 감겼다

때 되면 바늘처럼 자라나는 가지들
거룩한 백의는 꽃으로 섧게 피어
병인년 영욕의 역사 홀열매를 맺는데

새 한 마리 울지 않는 천형의 유배지
언암리 갯바람도 비켜 가는 차토此土에
오르던 초승달마저 성 밖으로 기운다

밥이 돌이 될 때

갓 지어 따뜻하게 올려드린 하얀 밥을

어머닌 돌을 씹듯 입 안에 굴리신다

부서진 맷돌 사이로 에도는 가는 목숨

산비탈 자갈밭을 저렇게 일궜던가

손바닥 피나도록 고르던 돌멩이가

자식들 밥상에 올라 살과 피가 되었거늘

쌀을 갈아 죽을 쒀도 모래가 되고 말아

한 생의 끄트머리 위로만 서걱대고

진실로 바위와 같던 당신이 부서진다

옛 성을 지나다가
－수원성에서

들고 나던 행인들 살붙이 찾아가고
바람만 돌고 있는 적막한 고성에
지난밤 내린 함박눈 무명처럼 하얗다

굳게 닫힌 대문 안 무거운 침묵 새로
여장女墻을 넘어오는 나지막한 계면조
한 사내, 아비를 업고 자장가를 부른다

옹성을 베고 누워 하늘을 읽는 초루
마땅한 이치들이 점점이 반짝이다
그늘진 용포 자락에 찬란하게 박힐 때

동창으로 날아가는 백색의 새 한 마리
서장대 지붕 위에 번한 서광 비치고
제 빛을 찾은 돌 무지개 팔달산을 안는다

이천 가는 길

새벽녘 단장하고 당신께로 갑니다
한두 번 가다 보면 익숙기도 하련만
몇 년을 오가면서도 처음처럼 아립니다

입대 날짜 받아 든 막내 녀석 옆에 끼고
전장을 누비던 할아버지 잠드신 곳
호국원,
무궁한 의미
진중하게 전할 때

왜? 라는 의문사가 느낌표로 바뀌고
흔들리던 마음이 용기로 굳었으니
묵념 속 안녕의 바람
보듬어 안으소서

9월의 향로봉

철모에 이름 대신 번호를 적어 넣고

한 몸인 듯 품고 가는 K2 한 자루

무엇이 너희를 불러 그곳에 세웠느냐

세상을 알기도 전 수류탄을 배우고

실연을 알기도 전 눈물을 배우는

이 땅의 자랑스러운 을지의 아들들아

서리가 내리는 구월의 향로봉엔

바람만 포복으로 능선을 넘어간다

적막도 펼쳐 살피는 비장한 청춘이여

묵직한 종장

초장은 시조창에 생을 바친 아버지
가족보다 우선한 계승자의 외로운 길
학처럼 고고하게 산
고독했던 소리꾼

중장은 삼십 년 반신불수 할머니
방 안이 세계였던 안타까운 철학자
불행에 갇히지 않고 하늘을 꿰뚫었어

초장과 중장을 숙명처럼 받들며
평생을 바위보다 강하게 살아오신
어머니,
묵직한 종장
우리의 숨이었다

구월동 낙타

곱사등 선우 씨는 전생에 낙타였지
며칠씩 카라반을 태우고 저벅저벅
서역의 실크로드를 당당하게 걸었던

늠름하던 그 모습 다시 나고 싶었는데
모래 늪 비켜서다 빠져버린 신의 함정
육봉도 떼지 못한 채 사람 되고 말았어

짐수레 감당 못 해 등허리 더욱 휘고
속눈썹 파고드는 맑은 별이 아릴 때면
빈 하늘 가득 채우던 신기루가 그리운데

두 세상 틈에 놓인 사무치는 생의 사막
혼신 다해 건너가 끝자리에 다다르면
육신을 누일 때라도 하늘 볼 수 있을까

해원解冤과 위무慰撫의 씻김굿

임채성 시인

시인들은 대개 자신의 첫 시집에 내밀한 가족사나 개인적 내력을 담는다. 가족을 시적 영감의 원천으로 삼는 것은 시인의 오늘을 있게 한 존재의 근원이자 정체성의 뿌리이기 때문이다. 그래서 과거와 현재를 넘나들며 실재했던 일을 사생하듯 그려내기도 하고, 문학적으로 재구성해 사람살이의 보편성을 형상화하기도 한다. 그 과정에서 행복했던 기억과 함께 이면에 똬리 튼 상처나 고통이 드러나기도 한다. 가벼운 말 한마디부터 심각한 가족의 죽음까지 시로 다시 태어나는 것이다. 그로 인해 존재자는 비존재를 현실 속에 불러내고, 현재의 삶 속에서 과거의 어느 한때를 반추함으로써 해원과 위무라는 시적 카타르시스에 이르게 된다.

유현주 시인이 등단 13년 만에 펴내는 첫 시집『밥이 돌이 될 때』는 가족사에 대한 곡진한 고백록이자 그리움의 제단에 바치는 한바탕 씻김굿이라 할 수 있다. 조부모부터 자식에 이르는 삶의 서사가 연대기처럼 흐르고 있기 때문이다. 그는 "학처럼 고고하게 산/ 고독했던 소리꾼" 아버지와 "방 안이 세계였던 안타까운 철학자" "삼십 년 반신불수" 할머니, 그리고 아버지와 할머니를 "숙명처럼 받들며/ 평생을 바위보다 강하게 살아오신"(「묵직한 종장」) 어머니를 추억하고 진혼한다. 과거를 떠올리는 것은 그 자체로 고통과 상처를 반복 재생하는 일이다. 하지만 '하지 않으면 안 되는 이야기'임을 받아들인 시인은 한 장면 한 장면을 사진으로 인화하듯 형상화해 놓았다. 격정을 누른 채 오래된 기억들을 담담하게 소환하는 그의 시편들은 처연하지만 단단하다. 과거의 기억을 시조로 치환함으로써 가슴속 그리움의 정한을 미래로 나아가는 삶의 에너지로 승화시키려는 의지와 용기를 느낄 수 있기 때문이다.

　　실제적인 이야기는 말할 것도 없거니와 문학적 상상력을 통해 재구성된 가족까지도 유현주의 시조 세계 안에서는 근원적인 사랑으로 귀결된다. 그의 시조는 경험적 실감을 중시하면서 그것을 서정의 구심으로 삼아 재생된다. 그는 시집 전체를 뚜렷하고 치밀한 구도로 엮어가는 일에는 관심이 없어 보인다. 자신의 시편들을 선험적으로 마련한 담론에 편입시키지 않고,

그때그때의 경험적 구체성을 통해 완성하는 쪽으로 이끌어간다. 화석화된 기억과 살아있는 현실 사이를 넘나들며 회한과 추모의 테두리 안에서 상호 소통하기를 갈구하는 것이다. 그런 면에서 유현주의 시적 언어 속에 새겨진 미의식은 순정한 사랑과 이타성利他性이다.

유현주 시인은 기억과 회상, 장면과 순간의 흔적들을 원융圓融의 세계로 이끌며, 이질성을 동일성으로 바꾸고 있다. 그가 지향하는 소통의 의식적 층위는 오래된 기억의 밑바닥에서 지고한 그 무엇을 길어 올리는 작업이 아니라, 미시적 시간 속에 잠재한 몸짓과 흔적을 시적 상상력으로 응축시켜 시조의 발화점으로 이끌어가는 것이다. 섬세하고 예민한 관찰력으로 이 세계를 응시하면서, 존재와 비존재의 경계를 허물어 화자와 타자의 세계 전체를 연대기적 현상으로 결속하는 힘, 그것이 시집 전체에 발현된 유현주 시조미학의 큰 특성이라 하겠다.

#1. 아버지, 이해와 포용의 서사적 조응

유현주 시인이 펼쳐 보여주는 가족사에서 가장 첫 자리에 모셔진 존재는 아버지다. 시인에게 있어 아버지란 어떤 존재일까. 시인의 아버지는 "시조창에 생을 바친"(「묵직한 종장」) '고독한 소리꾼'이었다. 실제로 시인의 아버지는 내포제시조의 계보를 이으며 한 시대를 시조창으로 주름잡았던 유흥복 씨다. '내포제시조'는 충남 서산을 중심으로 당진·예산·홍성을 포함한 내포 지역에서 전승된 시조의 한 갈래인데, 이종승—이문교—유병익·유흥복—박선웅으로 이어져 내려오는 계보의 중심에 아버지가 자리하고 있는 것이다. 아버지의 말 한 마디 한 마디엔 가락이 얹혀있었고 운율이 배어있었다. 아버지의 피를 물려받은 딸 또한 그 가락에 끌려 "애비 물림 해서 이리 잘 쓰"(「마음으로 읽는 시」)는 시인이 된 것이다.

지금은 고인이 되신 아버지에 대한 각별한 '기억의 서사'는 생전의 삶이 그려내는 동선을 따라 가족의 역사와 생활 양태의 구체적 경관을 사부곡으로 재현하고 있다. 서사적 밑그림 위에 재현된 서정적 회상은 어쩌면 시인 자신이 고인과 풀어야 할 숙제가 많았던 그 시절로 되돌아가고 싶은 '회귀의 욕망'이 반영된 결과물인지도 모른다.

밤사이 달빛 받아 더 여문 배꽃들이
아버지 손끝에서 산 채로 지고 있다
어쩌면 저리 사뿐히 가라앉는 것일까

느이 오빠 둘을 땅세로 냈더란다

누르고 살다가도 여 오면 생각이 나
하얗게 자지러지는 꽃 울음이 들리거든

필 때에 영근 가을 담아 왔을 테지만
날 때에 무병장수 빌어주지 않았겠냐
시방은 내가 하늘처럼 바람세를 받는 거

아버지 지나가면 여남은 꽃잎 중에
하나만 달랑 남아 파르르 떨어도
오늘 밤 꽃의 승천이 천지간을 잇겠다
  ―「배꽃을 따며」전문

  시집의 맨 처음을 장식하는 이 시조에는 시인이 경험한 가족
의 아픈 과거가 드러나 있다. 경험의 사전적 의미는 '실제로 보
고 듣거나 몸소 겪음'이다. 거기에는 객관적 대상에 대한 감각
이나 지각 작용에 의하여 깨닫게 되는 내용도 포함된다. 유미
주의적 관점에서 경험은 곧 실재reality이다. 따라서 모든 존재
물은 경험의 총체로써 현상과 세계라는 유기적 관계 속에서 진
화하며, 그 과정에서 창조적 미를 발산한다. 이러한 관점에서
경험은 실체이면서 동시에 삶의 필수적 가치이다. 미적 경험이
세계를 구축하는 하나의 중요한 기반이라고 전제할 때 개별적

...하게 되는 사건이라 할지라도 인간 고유의 보편적 속으로 뿌리를 두고 있기 마련이다. 시인의 인식 체계가 추구하는 새로운 대상으로서의 탐색은 이러한 보편성 안에서 경험의 재구성이라는 미적 창출로 이어지는 것이다.

「배꽃을 따며」는 가족사의 아픈 기억을 "천지간을 잇"는 꽃으로 형상화하고 있다. 아버지는 배꽃을 따다가 너무 일찍 떠난 두 아들을 떠올린다. 당신은 아들을 보낸 기억을 '땅세'를 낸 것에 비유하고, 배꽃을 따는 건 '바람세'를 받는 일이라고 말한다. 여기서 배꽃은 일찍 떠난 '오빠 둘'의 환생이자 환영이다. 그 배꽃을 따서 버리는 아버지의 말에는 자책이 가득하다. "하얗게 자지러지는 꽃 울음이 들리"기 때문이다. '소리'에 미쳐 전국을 유랑하며 가족에 무심했던 자신의 지난날이 꽃으로 피지 못한 아들 둘과 관련돼 있다는 한탄이자 회한일 것이다. 그래서 시인은 도입부에서 "밤사이 달빛 받아 더 여문 배꽃들이/ 아버지 손끝에서 산 채로 지고 있다"고 표현했다. 그러나 "아버지 지나가면 여남은 꽃잎 중에/ 하나만 달랑 남아 파르르 떠"는 설정은 시의 화자는 그래도 살아서 그날의 이야기를 들려주고 있다는 뜻이리라.

어렸을 때 잃은 오빠 둘의 이야기는 또 다른 봄꽃으로도 형상화된다. "돌 전에 떠난 두 아이 저렇게나 붉지요"(「진달래」)라며 꽃과 잎이 피어나는 생명의 계절 봄이 시인에게는 죽음과 이별, 결핍과 부재의 계절로 자리매김하고 있고, 아버?
런 슬픔의 봄 한가운데에 서있는 것이다. 이처럼 예기치 못?
가족사의 비극은 시인을 불가해한 유년기의 삶 속으로 끌어들
이고, 그렇게 원망과 비애의 감정선을 자극하게 만든다.

　　어우르던 장구가 더운 숨을 토한다
　　생사의 경계선을 이랑인 듯 넘어와
　　울음을 되새김하여 소리로 환생한 소

　　옹차던 속 들어낸 두 자 반 오동나무에
　　조임줄로 다시 묶여 코 뚫림을 당할 땐
　　북면을 힘껏 조이며 공명통을 안는다

　　사포를 쇠 빗 삼아 쓸어주는 조롱목
　　완강하던 고집이 세마치로 조율되고
　　긴장한 소릿결들이 평온하게 풀릴 즈음

　　욋 밥을 먹은 소가 밭갈이를 나선다
　　열채로 엉덩이를 가볍게 두드리자
　　덩더꿍, 변죽을 울리며 타령을 끌고 간다
　　　ㅡ「양두고兩頭鼓」 전문

'양두고'는 '북편과 채편의 두 머리를 가진 북'이라는 뜻으로, '장구'를 달리 이르는 말이다. 대상에 대한 이해와 감각의 결속이 빛나는 이 작품은 시인의 등용문이 되어준 신춘문예 (2010년 〈매일신문〉) 당선작이기도 하다. 여기서 장구는 아버지를 떠올리게 하는 매개물이다. "울음을 되새김하여 소리로 환생한 소"는 기실 아버지의 분신이자 현신이다. "덩더꿍, 변죽을 울리며 타령을 끌고 가"는 장구는 표면적으로는 악기이지만 그 속을 들여다보면 가창자인 아버지의 또 다른 모습이 보인다. 타의에 의해 소리를 내는 수동적인 악기지만 "옻 밥을 먹"여 생명을 불어넣자 자의로 노래를 부르는 능동적인 아버지의 모습으로 환치되는 것이다. 세속의 신명 속으로 "타령을 끌고 가"는 공통된 행위가 이를 잘 말해준다. '장구'라는 쉬운 우리 말 대신 굳이 '두 개의 머리'를 강조한 '양두고'라는 제목을 붙인 것도 이와 무관치 않아 보인다. 장구가 만들어져 연주에 들어가는 모습은 아버지의 예술혼에 대한 시인의 뒤늦은 헌사인지도 모른다. 한편으로는 "완강하던 고집이 세마치로 조율되"듯 예술에 대한 아버지의 고집도 흥겨운 장단처럼 조화롭게 누그러지기를 바라는 마음도 들어있을 것이다. '소리'를 매개로 엮인 두 존재는 '활유'라는 수사적 장치에 의해 긴밀하게 연결되어 역동성과 생명력을 발휘하고 있다.

이처럼 활달한 활유적 사유를 통해 아버지를 되새김하는 작품은 또 있다. "아버지의 길 하나 담에 기대 있었다"며 자식을 위해 세상을 건너는 아버지의 이미지를 지하철 선로에 오버랩시킨「사다리」도 그 연장선에서 이해할 수 있다.

젊은 날 아버지는 이 땅의 전사였다
죽음의 문턱까지 다녀오길 여러 번
전장의 생생한 증언 마음 죄며 듣곤 했다

덤이라던 하루하루 깨끗하게 쓰시고
문지방 넘어선 지 사십구일 되는 날
애통한 심정 삭이며 오래도록 올린 묵념

계급장 다시 달고 횡대로 줄 섰지만
포연과 총소리가 그 세상엔 없으리
치열한 삶의 전투도 필요하지 않으리

슬픔조차 경건한 이천의 노을 아래
전우와 함께라서 외롭지 않겠다고
스스로 위로하면서 현충문을 나선다
   -「호국원에서」전문

'호국원'은 국가와 민족을 위해 희생한 호국 영령이 잠들어 있는 호국 성지이자 추모 공원이다. 경북 영천에도 있지만 작품 속의 배경은 경기도 이천이다. 이곳에 안장된 영령들은 대부분 6.25전쟁이나 베트남전에 참전했던 분들이다. "이 땅의 전사였"던 아버지도 그런 분 중의 하나였을 것이다. 아버지의 49재를 치른 화자는 묘역 앞에서 깊은 묵상에 잠겨있다. "죽음의 문턱까지 다녀오길 여러 번" 했던 아버지는 "포연과 총소리" 사이를 누비고 난 뒤엔 "치열한 삶의 전투"까지 치러야 했던 존재이다. 화자의 아버지에게 삶은 전쟁과도 같았을 것이다. 시조창에 평생을 바친 고독한 예술가에게 가족을 건사해야 하는 가장의 무게가 오죽했을까. 그런 아버지를 떠나보내는 화자의 심정도 애통하긴 마찬가지다. "덤이라던 하루하루 깨끗하게 쓰시고" 가신 아버지는 이제 "슬픔조차 경건한 이천의 노을 아래/ 전우와 함께" 잠들었다. 평범하지 않았던 아버지의 생애가 애잔한 풍경 속으로 저물며 한 시대의 종언을 고하고 있다.

　이처럼 아버지의 유택幽宅인 '호국원'을 소재로 한 시편은 또 있다. "시골집은 고스란히 오빠에게 물리시고" 이사를 간 곳은 "젊은 날 목숨 걸고 총 들었던 대가로/ 무료로 영구 분양"받은 '새집'이다. "생전의 당신처럼 욕심 없는 방 두 칸"(「새집, 호국원)」)에 아버지를 모신 화자는 이제 "입대 날짜 받아 든 막내 녀석 옆에 끼고" 그곳을 찾아간다. 자신의 아들에게 그곳은 "전장을 누비던 할아버지 잠드신 곳"(「이천 가는 길」)이다. 아버지가 걸었던 군인의 길을 아들에게서 보는 화자의 마음은 '다르지만 같은' 부모의 입장에서 이해하고 받아들인다는 의미다. 결국 시인이 펼쳐 보여주는 아버지에 대한 '기억의 서사'는 이해와 포용을 통해 가족의 결속을 다지고 스스로의 내면을 위무하는 치유의 제의祭儀로 작용하고 있는 것이다.

#2. 어머니, 연민과 교감의 서정적 결속

아버지를 매개로 기억의 서사를 펼쳐낸 유현주 시인은 또 다른 존재 근원인 어머니에게로 다시 정서적인 감응을 시도한다. 시인이 회상하면서 재생하는 어머니의 이미지에는 시어로는 다할 수 없는 무한의 정감들이 눅진하게 배어있다. 이는 그가 상상하는 향수의 원천이 됨으로써 영원히 지워지지 않는 존재의 근원으로 작용하는 모태가 된다. 딸의 관점에서 바라보는 어머니는 더욱 애틋하다. 더구나 가장의 역할을 다하지 않는 아버지 대신 가족들을 챙겨야 했고, 그것을 숙명처럼 받들었던 지고지순의 존재라면 그 감정의 진폭과 파장은 더욱 커질 것이다. 시인은 자신의 기억을 반추해 주변 사람들이 갖고 있을 일

반적이고 보편적인 양상들을 우리에게 전달한다. 시인만이 기억하는 그의 어머니가 세상 모두의 어머니로 확장되는 것이다.

안개 속 주저 않고 기슭을 파헤쳐서

잔돌로 괴어놓은 층층한 두둑 따라

어머니 고단한 생이 육필로 적혀있네

장마에 지워지고 태풍에 무너져도

기어이 다시 다져 꽂아놓은 글자들

억새가 성한 지금도 문장으로 남았는데

이토록 곡진한 시 그 누가 쓸 수 있나

간절함이 만들어낸 눈물의 지경地境 딛고

한 계단 오를 때마다 뼈가 저린 죄의 무게
- 「생의 계단」 전문

남편 대신 가장의 무게를 짊어져야 하는 아내의 삶은 신산
하다. 그런 어머니를 바라보는 딸의 눈에는 이슬이 맺힌다. 시
인은 누군가 "기슭을 파헤쳐서/ 잔돌로 괴어놓은" 계단 앞에서
"어머니 고단한 생"을 읽고 있다. "장마에 지워지고 태풍에 무
너져도" 기어이 일어서고야 마는 어머니의 삶은 "곡진한 시" 그
자체이다. 삶의 나락으로 떨어지지 않기 위해 위로 올라가야
하는 계단은 어머니에게 있어 시시포스의 바윗돌과도 같다. 그
런 "간절함이 만들어내"었기에 '육필로 쓴 시'가 될 수 있는 것
이다. 삶 자체가 서사시였던 어머니의 생이 시인인 딸에게로
오롯이 전해진 것이다. "한 계단 오를 때마다 뼈가 저린 죄의 무
게"를 천형으로 감당해야 하는 그 삶 앞에 우리는 머리를 숙일
수밖에 없다.

한편, 이 작품은 아버지를 매개로 한 「사다리」와도 대비된
다. 지하철 철로로 누워있는 사다리는 공간에서 공간으로의 수
평 이동을 가능케 하지만, 계단은 삶을 상승과 하강으로 이끄
는 수직 이동에 가깝다. 이는 가족의 생활고에 무심했던 아버
지와 달리 가족 생계의 최일선에서 고군분투한 어머니에 대한
찬탄이다. 사물에서 어머니의 삶을 읽어내려는 이러한 사유는

"비탈에 누워있"는 "등 굽은 떡갈나무"를 통해 "모진 삶에 곪"은 어머니의 모습을 반추하는 「나이테」에서도 발견된다. "시간의 굴레마저 온전치 못한" '나이테'에서 "툭툭 불거진" 어머니 손가락을 읽어내는 것이다. 이처럼 시인의 기억을 지배하는 아픈 경험은 어머니를 떠올리는 알레고리의 수사적 기제로 활용되고 있는데, 다음 작품에서도 이런 경향은 두드러진다.

저물 무렵 언덕을 내려오는 어머니
등허리에 석양이 묵직하게 얹혀있다
평생을 져 나르느라 이력 난 해의 무게

밤에도 그대로 잠자리에 들었는지
가끔씩 뒤척이며 어렵게 돌아누면
뜨거운 신음 소리가 벽지에 들붙는다

기역인지 니은인지 자음으로 고부라져
곧추지 못할 만큼 굳어버린 뼈마디들
직립은 오래전의 일 아득하고 모질다

내일은 오늘보다 한결 무거울 텐데
긴 하루 둘러메고 나서는 저 허리를

명아주 마른 줄기가 얼마나 더 지탱할까

    –「흰 하루」전문

  위의 시조「흰 하루」는 특별하지 않은 일상적인 장면이 시의 핵심 모티브로 사용되고 있다. 일상은 평범하지만 이 평범한 일상 없이 삶이 존재할 수 없으니 일상이야말로 모든 존재들의 존립 근거라고 말하는 것 같다. 그런데 이 일상에는 여러 기제들이 작동하고 있다. 그것을 작동하게 하는 것은 다름 아닌 서정의 힘이다. 서정은 교감에서 나온다. 어머니와의 감정적 교류를 통해 고통스러운 삶의 기억을 소환하고 있는 것이다.

  "저물 무렵" 해를 등에 지고 "언덕을 내려오는 어머니"의 모습은 "명아주 마른 줄기"처럼 가냘프다. 여기서 해는 날日의 또 다른 이미지로서 '하루' 또는 '하루치의 밥벌이'를 은유한다. 그 때문에 "평생을 져 나르느라 이력"이 나서 밤마다 "뜨거운 신음 소리가 벽지에 들붙"고, 허리는 "기역인지 니은인지" 고부라진 상태. 하지만 생활의 무게는 줄어들 줄 모르고 "내일은 오늘보다 한결 무거"워질 것이라고 한다. 이러한 시편은 기존에 인식되지 못했던 의미를 새롭게 찾아내고 독자에게 전달함으로써 시인의 작업이 개인적 경험에 그치지 않고 사회적으로 확장되는 보편성을 발휘하게 된다.

갓 지어 따뜻하게 올려드린 하얀 밥을

어머닌 돌을 씹듯 입 안에 굴리신다

부서진 맷돌 사이로 에도는 가는 목숨

산비탈 자갈밭을 저렇게 일궜던가

손바닥 피나도록 고르던 돌멩이가

자식들 밥상에 올라 살과 피가 되었거늘

쌀을 갈아 죽을 쒀도 모래가 되고 말아

한 생의 끄트머리 위로만 서걱대고

진실로 바위와 같던 당신이 부서진다
　　─「밥이 돌이 될 때」 전문

유현주 시인은 자신과 가장 친숙한 존재적 근원인 어머니에 대한 '애틋한 기억'을 당시의 감정으로 하나하나 되살려 냄으로써 그 삶을 위로하고 진혼한다. 시인이 시로 형상화하는 모든 기억은 과거의 삶에 대한 사실적 재현이 아니라 주체의 현재적 욕망에 의해 취사선택되어 문학적으로 재구성된다. 유현주 시인이 선택하고 새롭게 구성하는 기억 역시 현재의 그가 갈망하는 어떤 삶의 양태를 고스란히 담고 있다 할 것이다. 그런 점에서 위의 작품은 "생의 *끄트머리*"에 도달해 있는 어머니의 모습을 그리고 있다. 여기서 시인의 기억은 이제는 가고 없는 어머니의 마지막 모습을 재현하면서 그리움이라는 정서적 가치를 되새기게 만든다.

따라서 시인이 시사하고 있는 죽음이란 생물학적 소멸이 아니라 기존의 기억과 감각의 소멸을 의미한다. 그러한 인식으로 인해 "갓 지어 따뜻하게 올려드린 하얀 밥을/ 어머닌 돌을 씹듯 입 안에 굴리"기만 할 뿐이다. "손바닥 피나도록 고르던 돌멩이가/ 자식들 밥상에 올라 살과 피가 되었"어도 어머니의 감각은 "산비탈 자갈밭"을 일구던 그 시간에 멈춰져 있다. 어머니의 노력으로 돌이 밥이 되었지만, 이제는 밥을 돌처럼 여기는 어머니의 인지장애는 소멸에 가까웠음을 아프게 은유하는 것이다. "진실로 바위와 같던 당신이 부서진다"는 종결에 이르면 굴곡 많은 어머니의 한 생애도 결국 아버지를 따라가고 있음을 상기시킨다. 그리하여 가족사의 아픈 기억들이 강렬한 파토스 pathos를 일으키며 가슴에 파동을 일게 만든다.

#3. 가족애, 존재와 부재의 심미적 융합

시인은 딴 세상의 존재가 아니다. 대상을 낯설게 보는 심미안을 가졌으나 오욕칠정에 몸부림치는 보통의 인간이다. 밝은 미소 속에 남모를 그늘을 감추고 있기도 하고, 누군가의 부음 앞에서는 눈물도 흘릴 줄 아는 사람이다. 그런 그들의 평범한 삶이 바로 시다. 그들의 삶은 감각과 언어의 스펙트럼을 통해 새롭게 해석되고 구성됨으로써 문학성을 띠게 된다. 이처럼 보통의 삶에서 시의 진경을 그려낼 수 있음을 가장 실증적으로 보여주는 이가 유현주 시인인 것 같다. 그는 아버지와 어머니, 할머니에 대한 기억을 바탕으로 가족이라는 유토피아의 세계를 형상화한다. 그가 성장하면서 겪은 부재와 결핍의 시간은 구체적 현실과 실재적 경험에 의한 직관적 인식을 통해 재구성된다. 이때의 경험적 인식은 기억 속 특정한 장면만을 분리하여 편집함으로써 선명하고 단순하다. 시인은 흘러가는 망각의 강에 그물을 쳐놓고, 안개 속으로 노를 저어 들어가 부재의 존재들을 불러내고 있는 것이다.

이름자도 모르는 지어미 등불 삼아
공자 골 아버지가 뒷짐 지고 걸어가네
한 번도 꺼진 적 없던 저 가녀린 초롱불

했던 말 도로 하고 또 거슬러 감아도
조곤조곤 풀어주는 뒤바뀐 측은지심
젊은 날 데인 상처는 세월이 덮었을까

책 속의 길보다 인정의 길 더 환하네
평생 모은 눈물을 심지로 끌어 올려
아버지 어둔 정신을 밝혀주는 어머니
　　　－「등불」전문

　아버지의 피를 물려받아 딸이 시인이 되었다는 어머니의 자
랑을 사설시조로 풀어낸 「마음으로 읽는 시」에서 그 어머니는
"까막눈"으로 그려져 있다. 위의 시조는 그런 '까막눈' 어머니
가 "아버지 어둔 정신을 밝혀주는" '등불'이라고 말한다. 어머
니는 자신의 "이름자도 모르는" '까막눈'이지만 먹물깨나 들어
있는 "공자 골 아버지"를 "한 번도 꺼진 적 없"는 '초롱불'로 인
도하고 있다. 이는 '부창부수夫唱婦隨'라는 부부 사이의 도리를

새롭게 정의하는 것이기도 하다. 남편이 주장하고 아내가 이에 따르는 것이 아니라 아내가 주장하고 남편이 이를 따르는 '부창부수婦唱夫隨'의 개념으로 재정립해 놓은 것이다. 그것은 어머니가 "책 속의 길보다 인정의 길"에 더 밝기 때문이다. 이는 사람살이의 도道가 책에서 배우는 사변적 이론이 아니라 실제 생활에서 익히고 터득하는 체험의 산물이라는 인식의 환기이다. 표면적으로는 연로한 아버지의 정신이 온전치 못하다는 것이지만 한편으로는 예술을 위해 생활을 등한시했던 아버지보다 가장의 역할을 대신 한 고단한 생활자였던 어머니의 삶이 가족의 앞길을 인도하는 등불이었음을 아프게 반추하고 있는 것이다. "평생 모은 눈물을 심지로 끌어 올"린 어머니라는 등불 앞에서 시인의 눈시울도 따라 젖고 있다.

어머니 대엿새 내 집에 계실 동안

아버지 물끄러미 빈방을 지키셨네

언제나 문이 열릴까 무료한 눈빛으로

더 있다 가시라고 소매 끝 붙들어도

아버지 외롭다고, 눈에 밟혀 안 된다고

끝끝내 잡아 빼시던 가여운 어머니여

여닫이 열자마자 사진을 쓸어보며

혼자만 댕겨와서 미안하다 되뇌는데

괜찮다, 말씀하시며 생전처럼 웃으시네

오늘 밤엔 도란도란 며칠 쌓인 이야기가

불 꺼진 방 안에서 동화처럼 흐르겠네

대답이 달빛을 타고 두 가슴을 적시겠네
　　　－「아버지의 방」전문

어머니와 아버지의 관계를 잘 보여주는 또 다른 시편은 「아버지의 방」이다. 어머니는 아버지를 대신해 집안의 '등불'이 되었지만, 그렇다고 해서 아버지를 무시하거나 미워하지 않는다. '존중'과 '공경'이라는 말을 입에 올리진 않아도, 살아서는 물론 사후에까지 몸소 그것을 실천해 보여주고 있다. 화자의 집에서 '대엿새' 계시는 동안 어머니의 관심사는 오로지 아버지에게 쏠려있다. 홀로 '빈방'을 지키고 계실 아버지가 계속 눈에 밟히기 때문이다. 하지만 실상은 아버지가 기다리고 있는 것이 아니라 사진만 빈방에 덩그러니 놓여있다. 그것은 살아서 함께하지 못한 남편과의 시간을 죽은 뒤에라도 함께하고 싶다는 갈망이리라. 현존재가 부재의 존재에 대해 느끼는 보상 심리는 상실과 결핍의 시간을 그리움으로 환치하는 극적인 카타르시스로 작용한다. 이러한 그리움의 정서는 "아버지 생전에 심어놓은 산수유"가 "희미한 빛으로나마 어머니를 밝히"는 「쓸쓸한 동산」에서도 엿볼 수 있다. 간단없이 흘러가는 쓸쓸한 삶의 시간을 견딜 수 있는 것은 추억으로 품을 넓힌 간절한 그리움이라고 말하는 것만 같다.

헌 집 구석구석 오래된 세간 중에
부엌문 고여놓은 먼지 낀 궤짝에서
할머니 생전에 쓰던 그릇들이 쏟아진다

귀 떨어진 사발과 종재기와 옹파리
온 가족 둘러앉은 오순도순 저녁상이
해거름 숭늉빛으로 놋그릇에 담긴다

정갈하게 다시 놓인 새집의 주방에서
끼니마다 들리는 동화 같은 말씀과
연녹색 줄무늬 타고 자라나는 나물들

격식보다 우월한 내력을 생각하며
정화수 흰 대접에 커피를 타 마신다
할머니 따뜻한 입술 이쯤일까, 요쯤일까
　－「오래된 그릇」전문

　'가족'을 대신할 수 있는 말 중에는 '식구'가 있다. 가족은 같
은 핏줄을 가진 혈연집단이고, 식구는 핏줄은 다르지만 한솥밥
을 먹는 사회적 집단이다.「오래된 그릇」은 가족과 식구를 이
음동의어異音同義語로 쓰고 있다. 시인이 간직한 성장기의 기억
은 '식구가 되지 못한 가족'의 모습이다. 밖으로 도는 아버지와
일찍 떠난 오빠 둘의 부재는 시인에게 정서적 결핍을 제공했
을 것이다. 그런 점에서 이 작품은 부재와 결핍에서 연유한 가
족의 병리 현상을 식구의 치유력으로 극복하고자 하는 의지를

읽을 수 있다. 시의 화자는 "귀 떨어진 사발과 종재기와 옹파리" 등 할머니가 생전에 쓰던 그릇들을 정리하다 "온 가족 둘러앉은 오순도순 저녁상"을 상상하고는 "새집의 주방에서" 그것을 몸소 시연한다. 그런 후 "정화수 흰 대접에 커피를 타 마시"며 집안의 가장 큰 어른인 할머니의 마음이 되어본다. 커피잔 대신 '정화수 흰 대접'을 사용하는 것은 할머니에 대한 추억 때문이기도 하겠지만, 궁극적으로는 '식구'가 되지 못했던 과거의 기억을 치유하고 새로 일군 가족의 화합을 기원하는 비손 행위다.

이처럼 그릇을 매개로 한 '식구'의 이미지는 "후회와 그리움이 고봉으로 담"긴 "윤기 흐르던 놋주발"(「어머니의 선물」)로도 형상화되고 있다. 가족이라는 이기심 대신 식구라는 이타심으로 뭉친 혈연집단, 그것이 시인이 꿈꾸는 안온한 유토피아의 참모습이라 할 수 있다.

#4. 진혼, 화해와 치유의 통성기도

생채기 난 기억들을 끄집어내고 펼쳐 보이는 것은 과거의 굴레를 벗고 새로운 미래로 나아가기 위함이다. 따라서 시인이 화해와 해원을 통해 치유를 추구하는 일은 지속적인 시의 과정이라 할 수 있다. 어긋나고 분절된 삶을 고뇌 없는 조화로움으로 봉합할 수 있는 서정은 없다. 시인은 궁극의 이상을 추구하기에 대립하고 싸우고, 분열하고 흩어지는 세속의 일에 민감하다. 시가 발화하는 근원은 부재와 결핍으로 인한 소통의 단절이지만 이로부터 비롯된 슬픔의 감성을 쉽게 벗어날 수는 없다. 시인은 환상에 매몰되기보다 그 이면의 진실을 보려는 존재이다. 유현주 시인의 감성적인 발화도 이상과 현실의 괴리로 빚어지는 불화의 사태를 구체적인 언어로 기술하는 데서 시작된다. 그는 "선택의 반대쪽엔 만약의 집이 있다"며 "백 가지 아쉬움"과 "천 개의 하지 못한 일"(「선택의 반대쪽」)에 미련이 있음을 고백한다. 이를 통해 굴곡진 과거와 새로운 화해를 모색하는 것이다.

시간 앞에 바위 하나 보란 듯 세워놓고
흐르지 못하도록 동여매 두었습니다
그 옆에 처연히 앉아 북을 치는 한 사람

팔순의 아버지가 젊은 날의 자신에게
회한의 한평생을 수심가로 고합니다
죄여도 버리지 못한 끈질긴 소리唱의 생

심연에 굳어있던 응어리가 풀립니다

가락이 눈물 되어 미움을 씻어낼 때
당신은 방임자라는 원망도 녹습니다

몰이해로 자라난 애증의 모서리가
시나브로 떨어져 원경圓鏡이 된 지금
귀한 혼, 내게 스밈을 진심으로 봅니다
　　－「흘려보내기」 전문

　형식적 제약으로 인해 응축미를 추구하는 시조는 그 특성상
이미지의 형상화를 완성도의 기준으로 보는 경향이 있다. 하지
만 묘사적 표현만이 시의 전부일 수는 없다. 때로는 진술적 서
사가 더 큰 공감을 불러일으키기도 한다. 위의 작품이 딱 그러
하다. '시간 앞에 선 바위'는 기억 속의 한 지점(장면)을 가리킨
다. 그곳에는 "처연히 앉아 북을 치"며 "젊은 날의 자신에게/ 회
한의 한평생을 수심가로 고하"는 '팔순의 아버지'가 있다. 회한
의 이유는 "죄여도 버리지 못한 끈질긴 소리唱의 생" 때문이다.
아버지의 고해성사는 "심연에 굳어있던 응어리가 풀리"는 기
적을 낳고, '미움과 원망'까지 날려버린다. 비로소 아버지와 자
식 간의 오랜 불화가 극적인 화해를 맞게 되는 순간이다. 모나
고 척진 존재들의 원융과 화합은 회한의 반대쪽으로 역진하려
는 시인의 간곡한 마음의 결을 암시한다. 이러한 화해의 마음

은 "나름의 이유 있어 척지고 살았지만"(「그물을 걷다」) 이제는 "모난 곳 깎아주면서/ 니캉 내캉 이물없이"(「몽돌밭에서」) 살자는 발원으로까지 이어진다.

소중한 기억들은 가슴에서 풀어진다

아무리 멀리 가도 한 몸처럼 느끼도록

허공을 가로질러서 닿아있는 인연 줄

때때로 바람 불어 마음을 흔들어도

밀었다 끌어안고 옥죄는 굴곡쯤은

절명의 사금파리만 아니라면 견딜 텐데

동지의 어스름엔 다 모를 복병 있어

빈 얼레 돌아갈 땐 허전함만 감긴다

고목에 추억 한쪽이 위로처럼 걸리고

　－「꼭지연」전문

　유현주 시인은 결국 이별의 형상으로 과거의 은원恩怨을 청
산하는 방식을 취한다. 미움과 원망은 늘 그만한 크기의 애정
을 내장하고 있듯이 위의 작품도 그리움과 기다림을 앞세우고
굴곡의 시간을 추억으로 남기려 한다. 때때로 상처는 인생이라
는 그림을 완성하는 질료이다. 상처로 인해 진정한 사랑의 깊
이를 알 수 있고, 상처를 통해 한층 고결한 영혼의 자리로 나아
갈 수 있다. 유현주 시인에게 상처는 부재와 결핍의 앙금을 걸
러내는 거름막이다. 이를 이용해 시인은 진심이 담긴 아버지의
목소리에 귀 기울이며 어머니의 시간까지 헤아리게 됨으로써
팍팍한 현실 속에서도 위로를 얻는다. 이 작품「꼭지연」에서도
정월대보름날 연줄을 끊어 액운을 멀리 날려 보내듯 아프고 아
린 상처의 기억들을 연에 실어 날려 보내고 있다. "소중한 기억
들은 가슴에서 풀어지"지만 "허공을 가로질러서 닿아있는 인
연 줄"로 인해 "고목에 추억 한쪽이 위로처럼 걸리"게 함으로써
화해와 위무의 제의를 완성하는 것이다.

*　*　*

　시의 본질은 서정에 있다. 화자와 타자가 서로 교감하며 이루는 공감대, 시작과 끝이 어우러지는 궁극의 지점은 냉혹한 물질성과 자본적 욕망이 교차하는 현대사회를 정감 어린 시선으로 보듬어 안는다. 서정은 레테의 강물에 휩쓸려 간 정겨운 기억이나 아릿한 그리움을 불러일으켜 현재를 더욱 풍요롭게 만든다. 유현주 시인의 시조에는 자신의 실재적 경험과 깨달음, 시적 대상을 향한 절절한 그리움이 서정미학으로 압축되어 있다. 우리는 이러한 시인의 각별한 경험을 통해 타자의 삶을 엿보기도 하고, 자신의 삶을 반추해 볼 수도 있다.

　첫 시집 『밥이 돌이 될 때』에서 유현주 시인은 '아버지'와 '어머니'를 중심으로 한 '가족'을 시적 대상으로 삼고 있는데, 이는 자신의 존재 기원에 대한 탐색이자 그리움에 대한 열망이라 할 수 있다. 그는 자신의 삶과 감정을 이성적이고 논리적인 기율로 체계화하지 않는다. 그가 뱉어내는 시어들은 '머리'에서 나오지 않고 '가슴'에서 나오기 때문이다. 과거의 순간순간을 찾아가는 그의 시편들은 가족의 삶과 죽음을 시적인 카타르시스로 완성해 낸다.

　유현주 시인의 시조가 고통의 나열만으로 이루어져 있다면, 이 시집 읽기는 끝끝내 불편함을 벗어나지 못했을 것이다. 유현주 시조미학의 힘은 희미해짐으로써 가장 돌올한 존재로 가족을 재탄생시켰다는 점에 있다. 그가 오랫동안 품고 있던 가족의 결속과 화합에 대한 열망을 담은 이 시집은 아픈 기억마저 추억으로 재정립함으로써 그리움의 제단에 피워 올리는 향불 연기로 승화될 것이다. 그가 보여주는 율격과 보법의 안정성과 주제의 진중함이 활달함과 재기 발랄함으로 변화를 거듭해 간다면 유현주의 시조는 더 큰 울림과 공감으로 우리에게 다가올 것이 확실하다.